# Bb

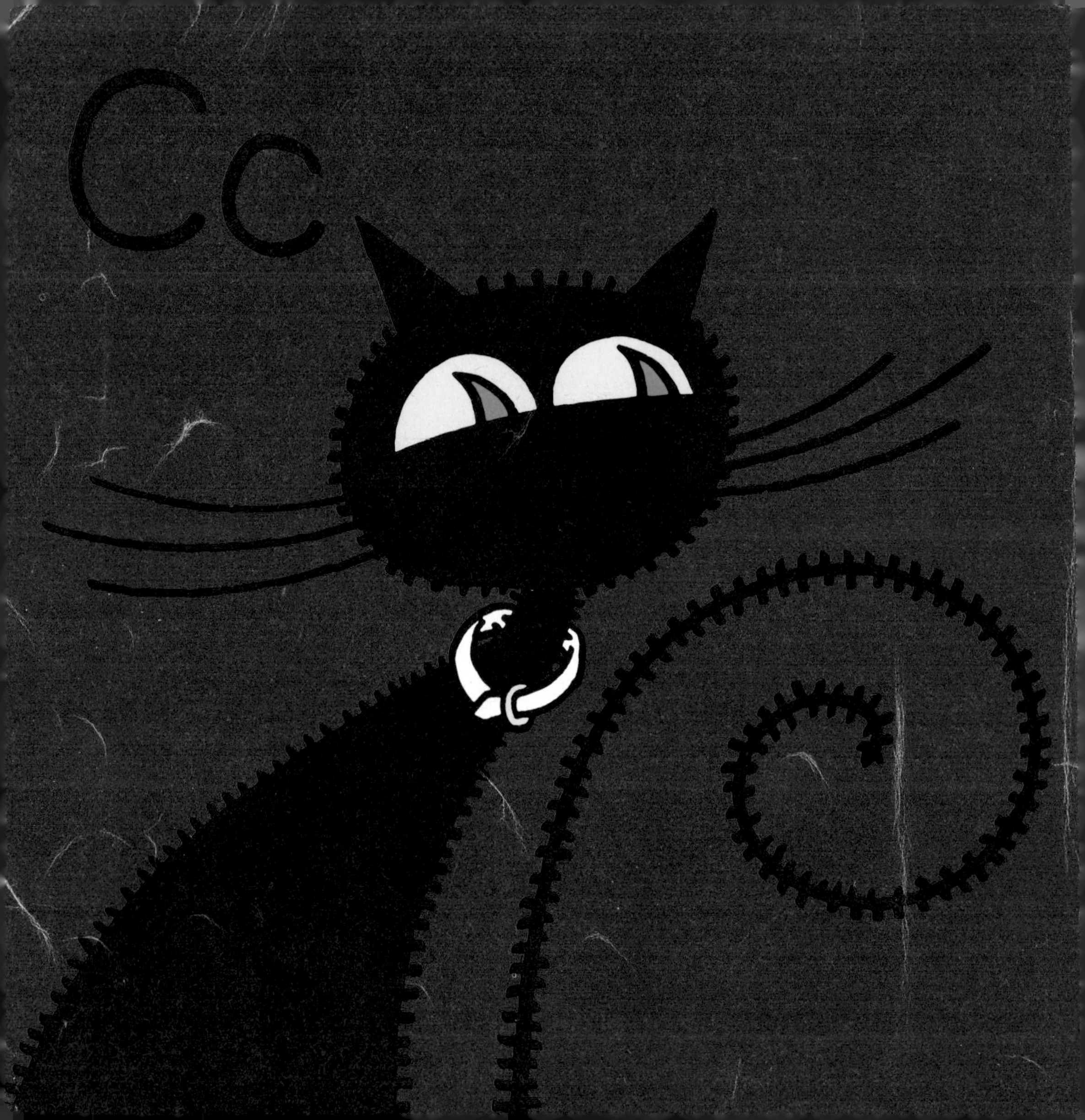
Cc

Dd

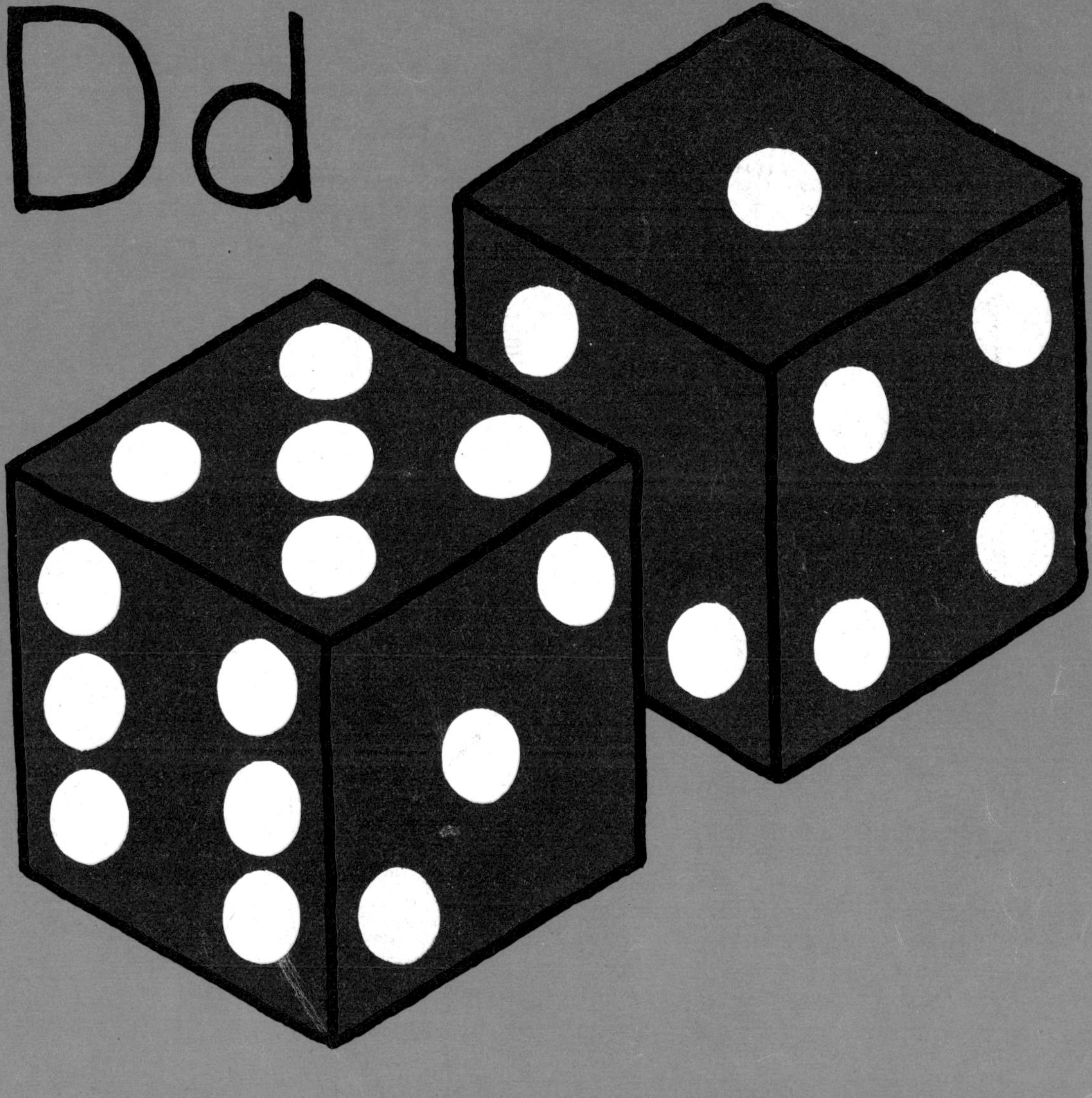

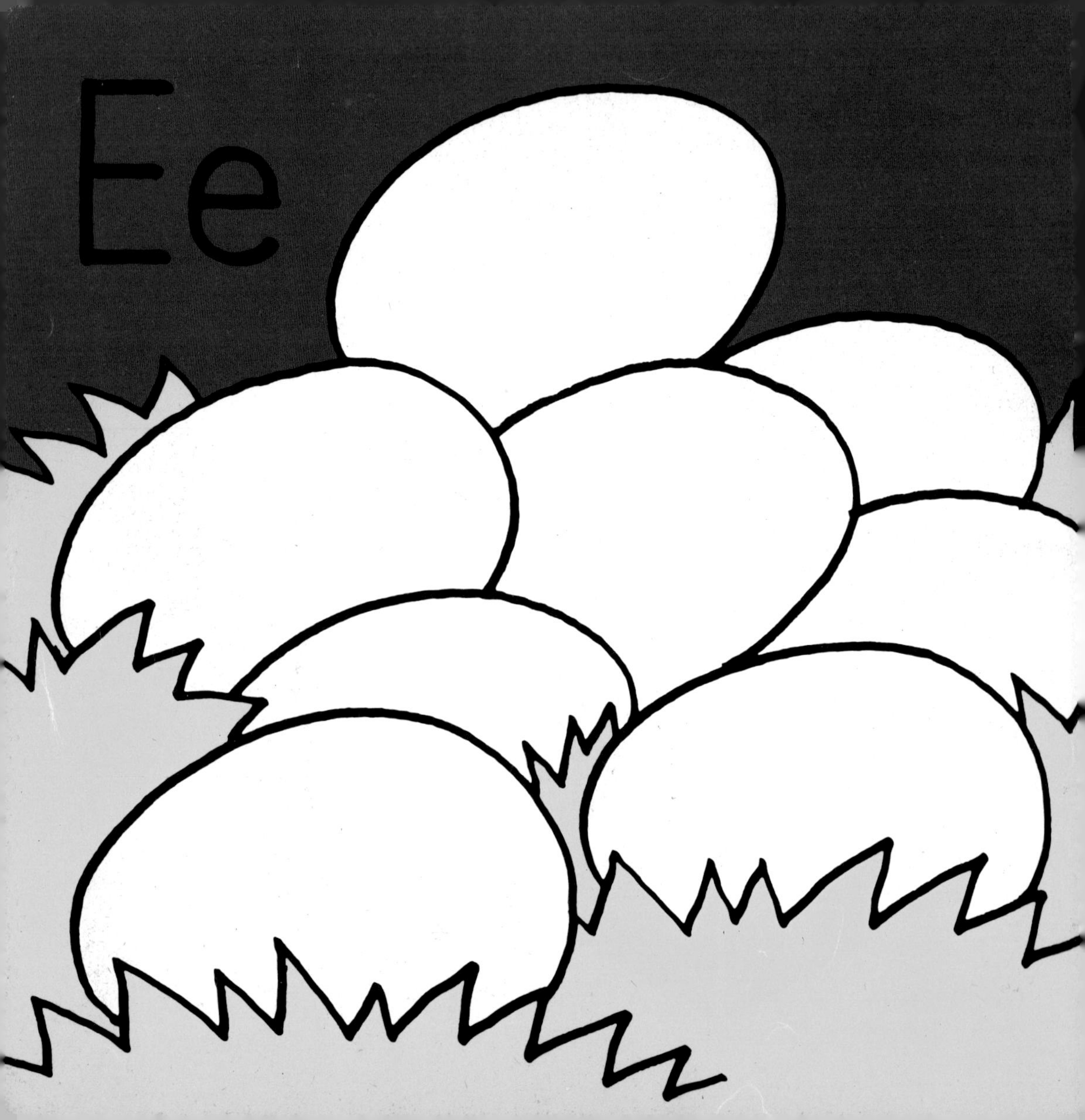
Ee

Ff

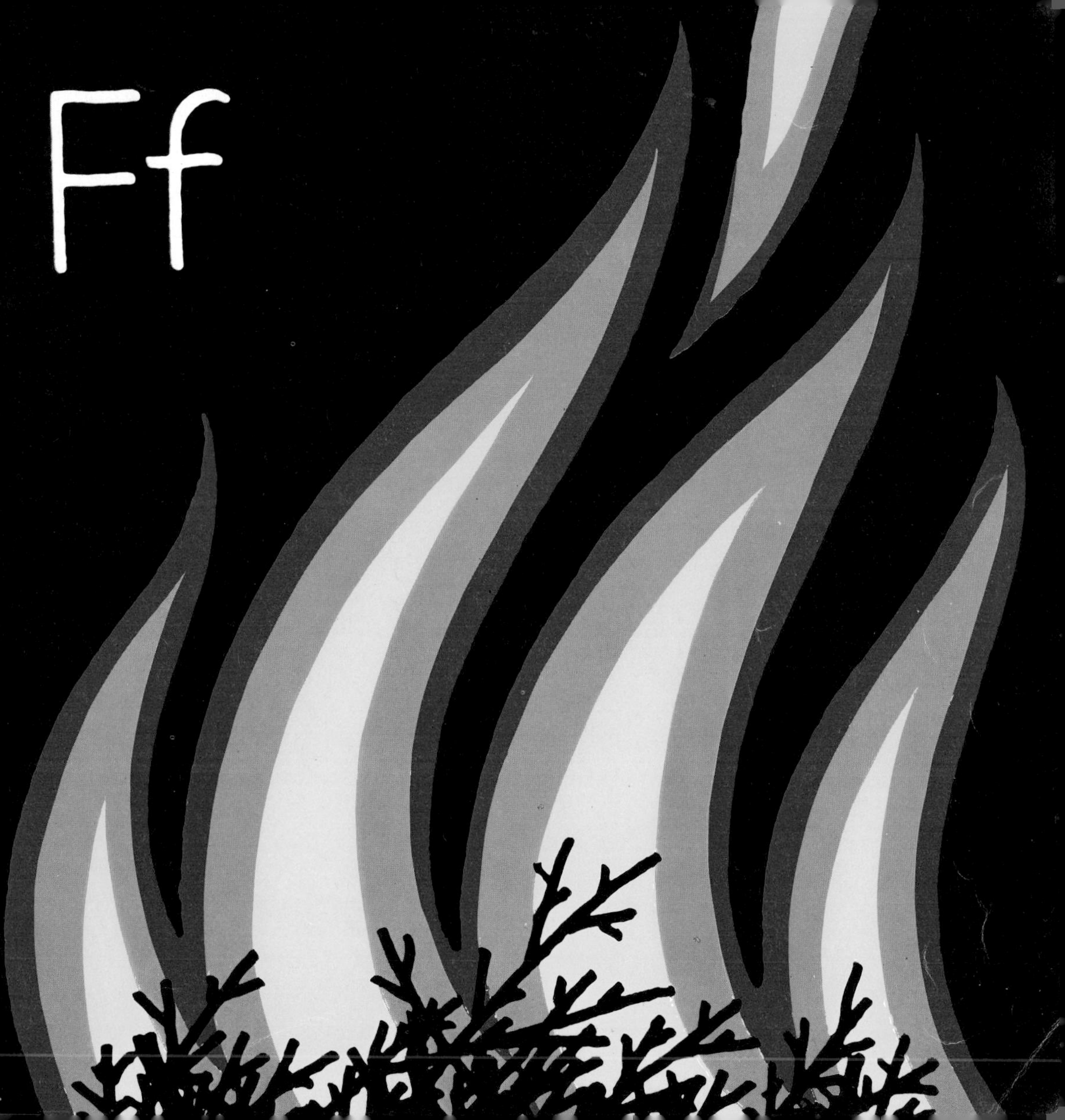

# Gg

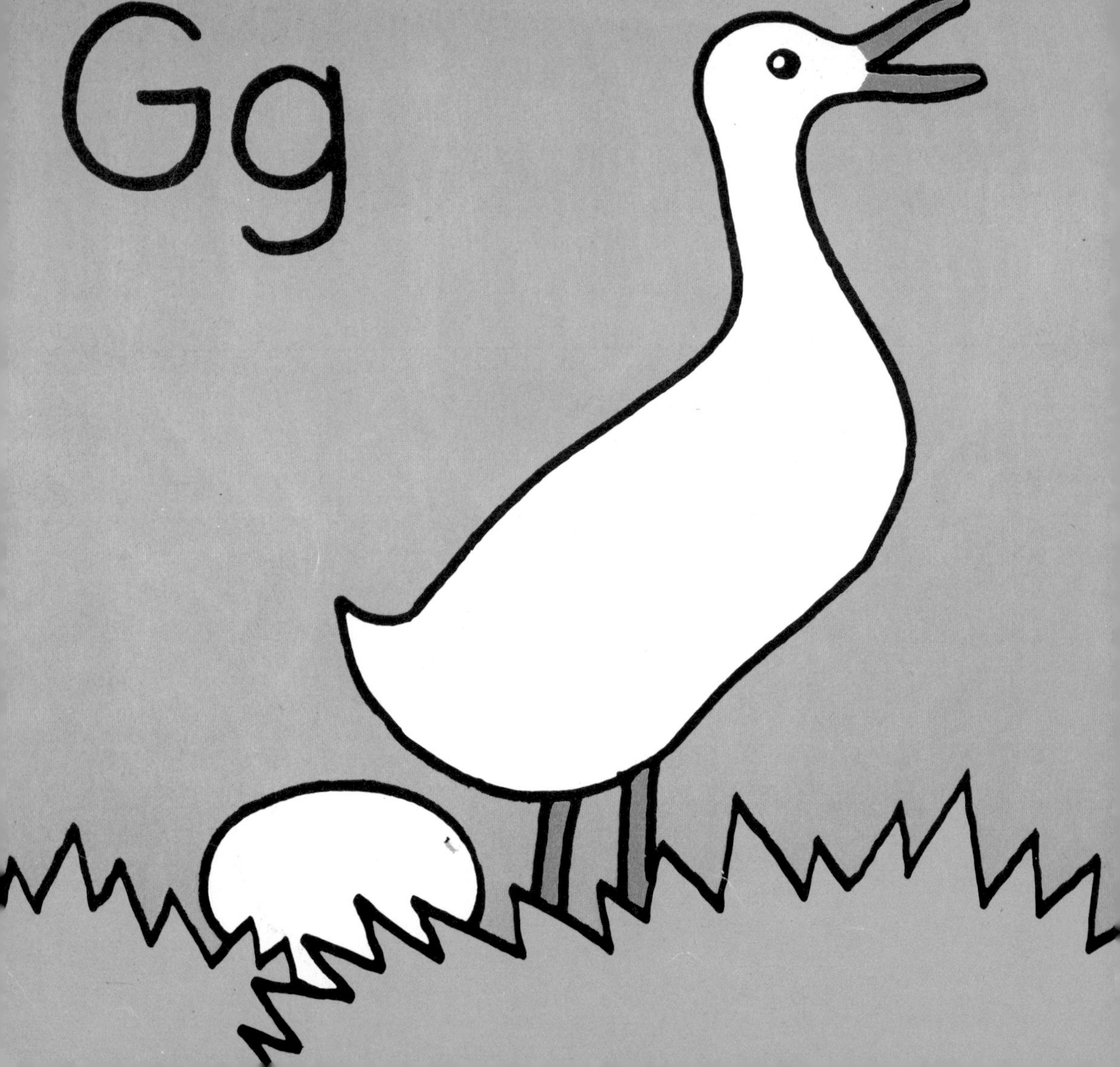

Hh

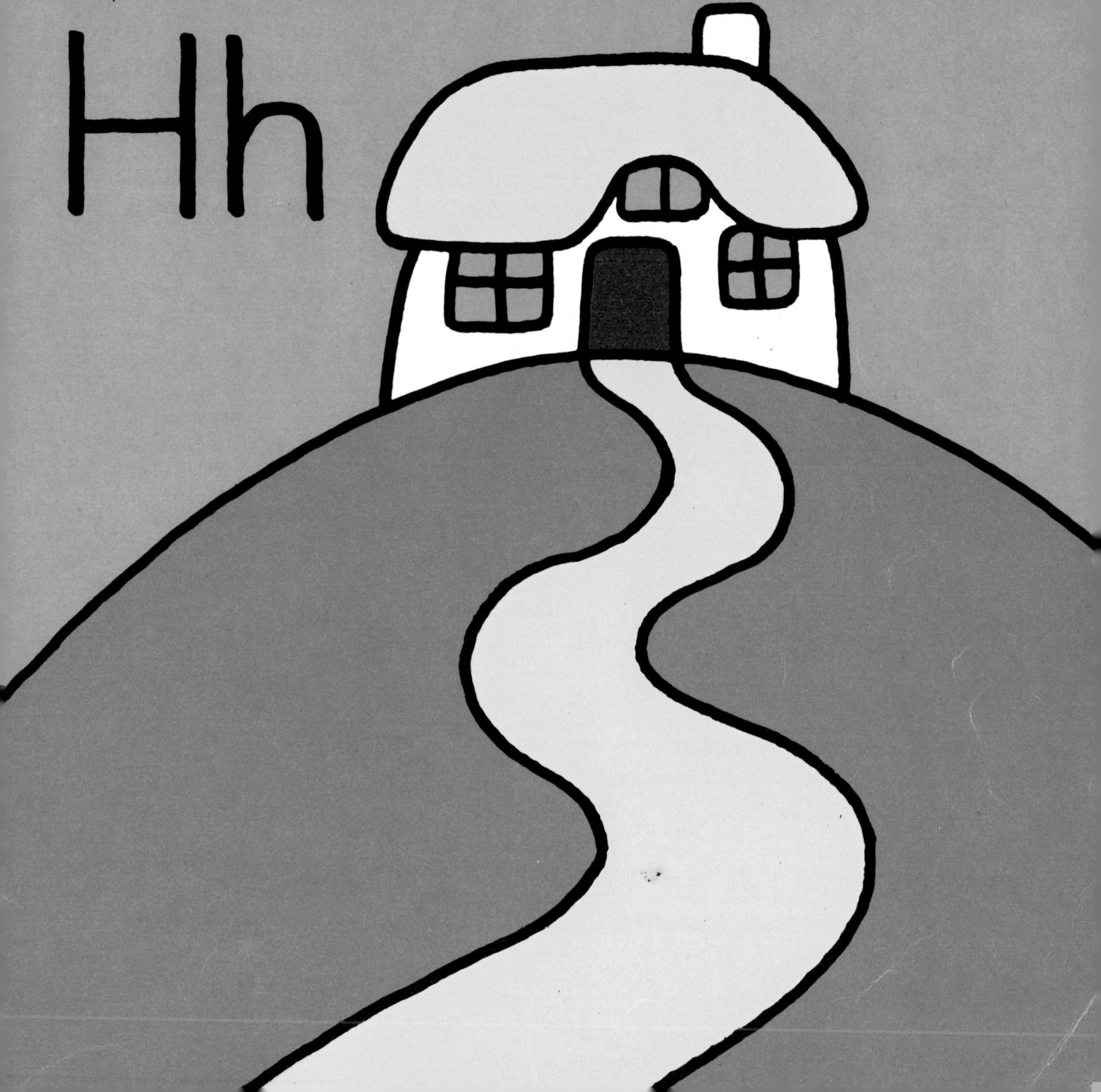

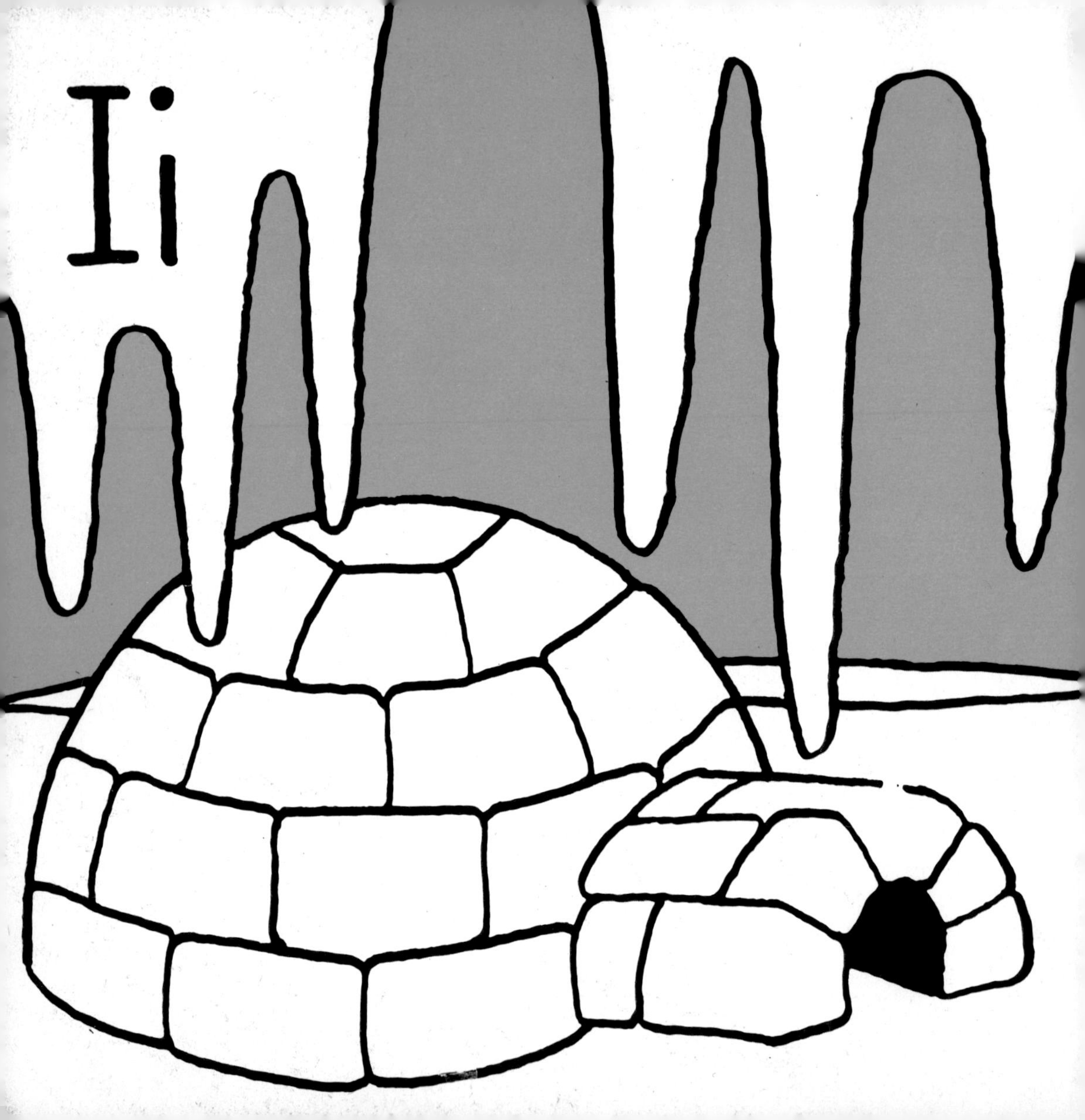
Ii

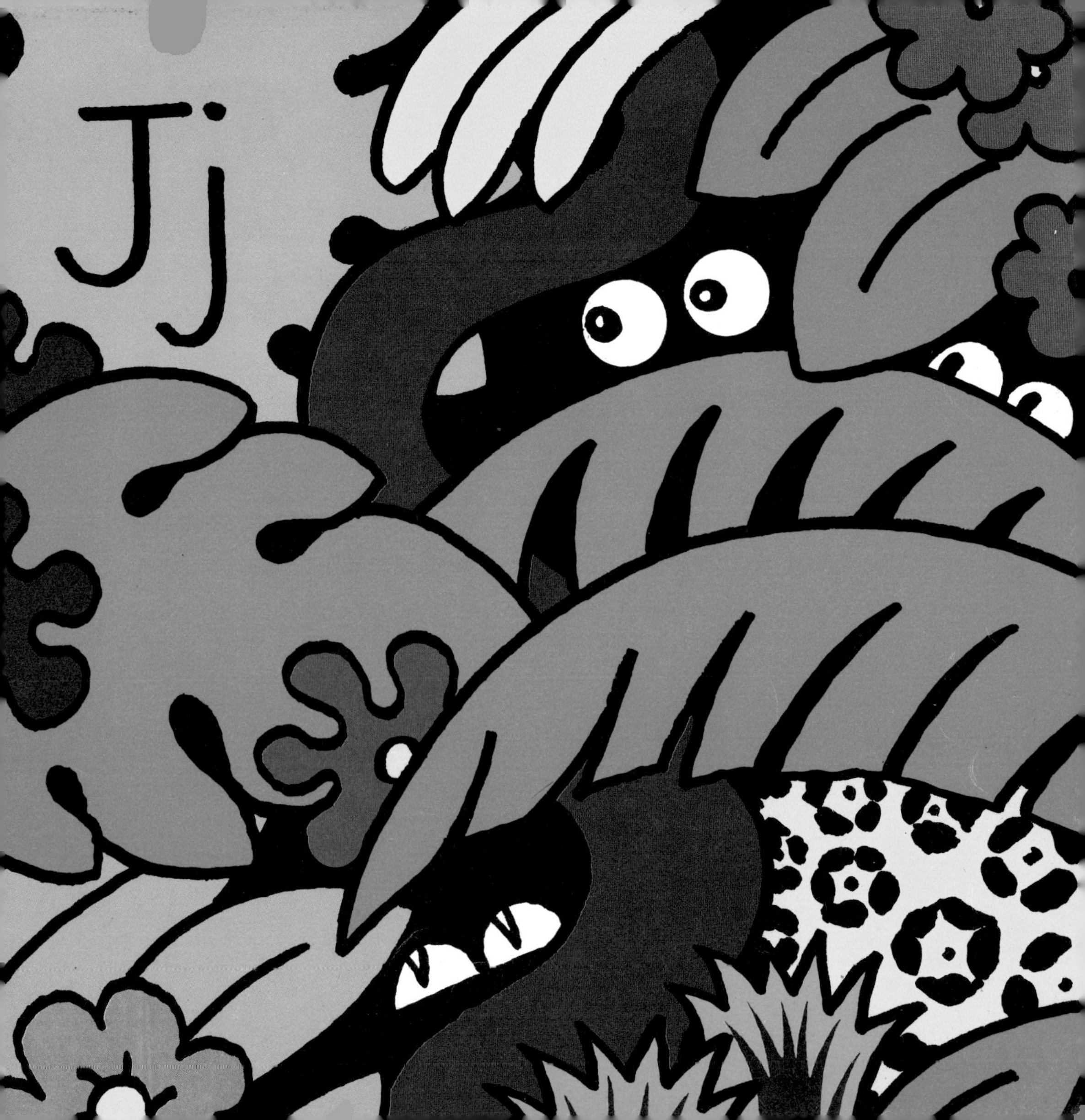
J j

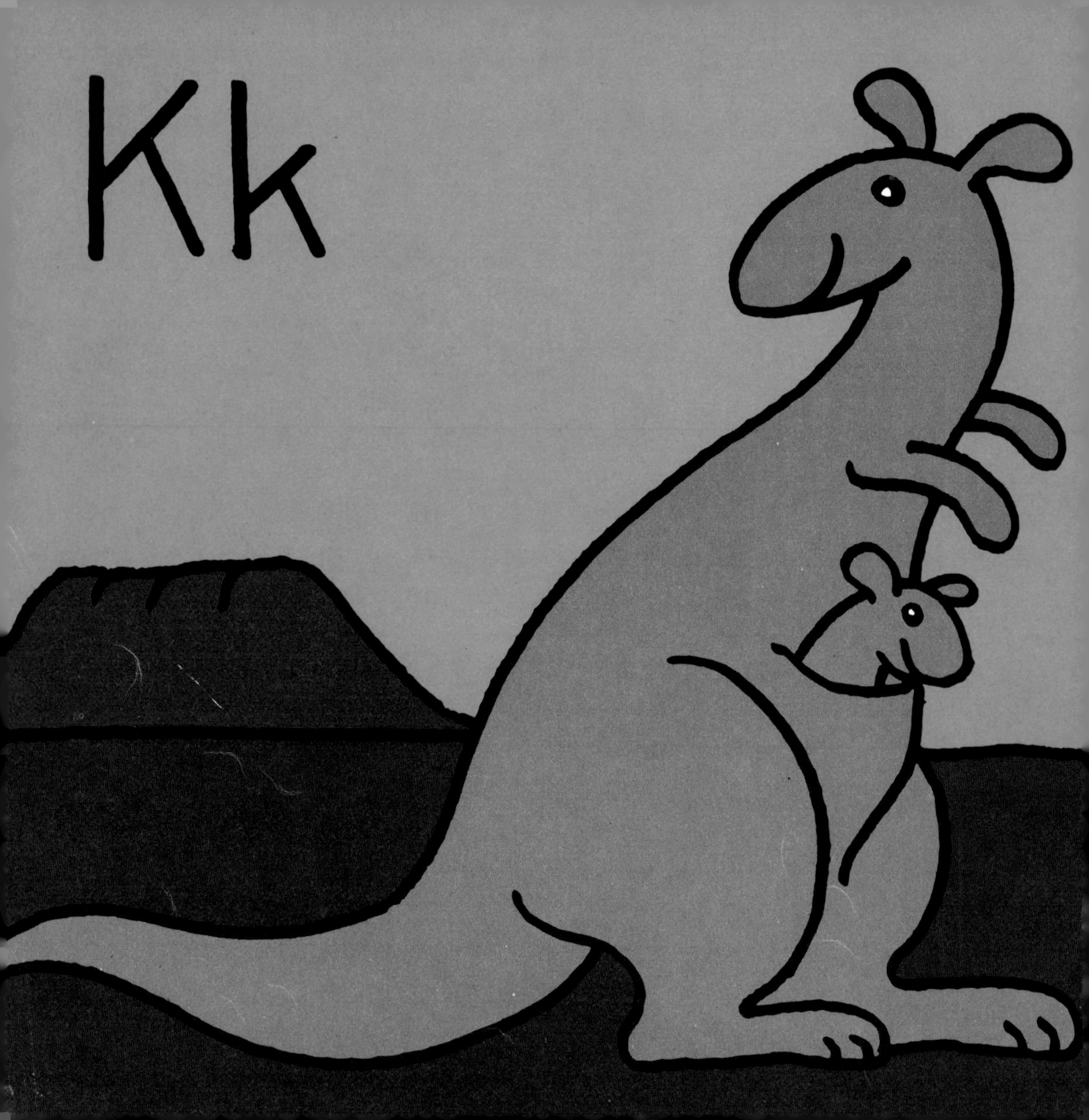
Kk

# Ll

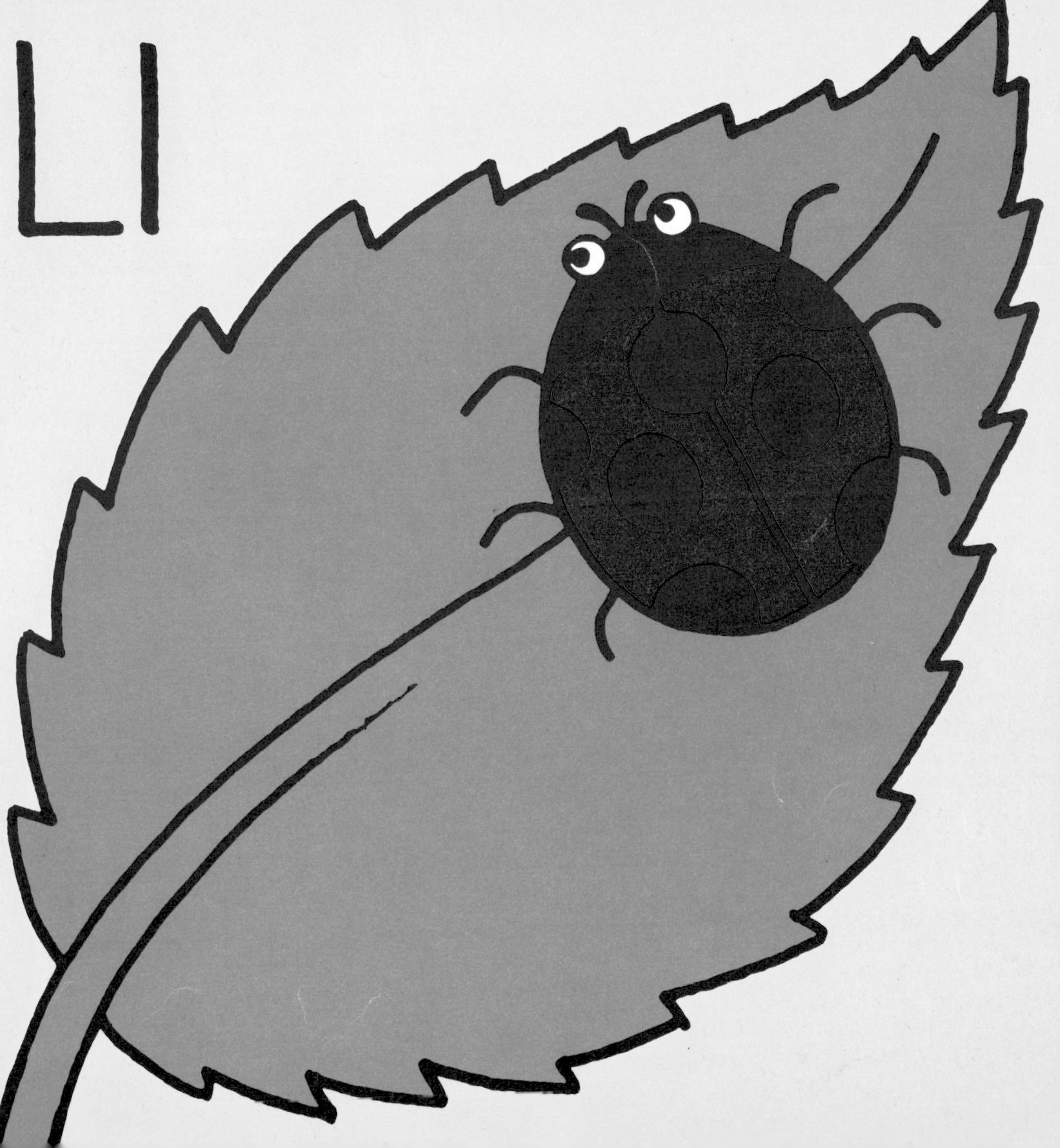

# Mm

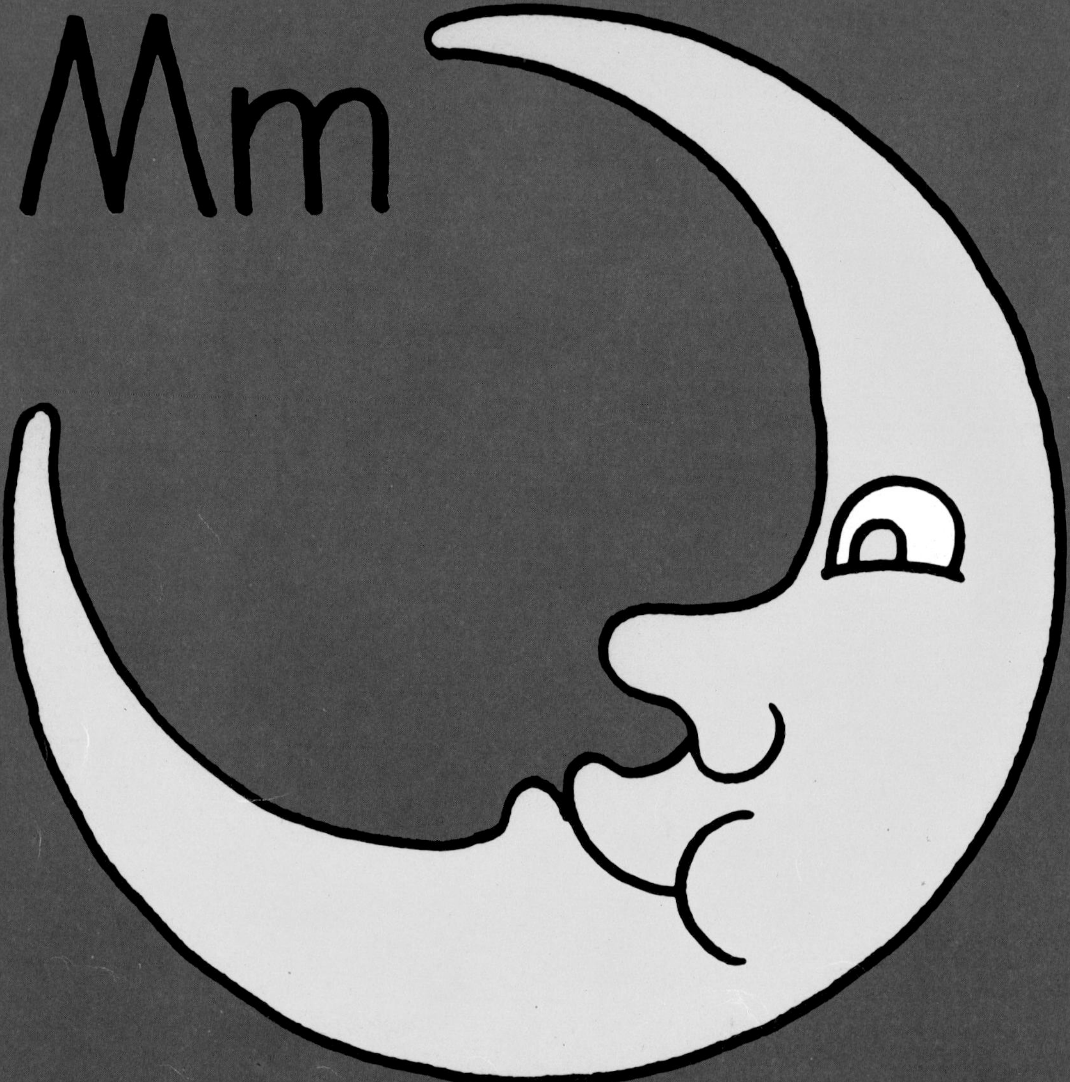

# Nn

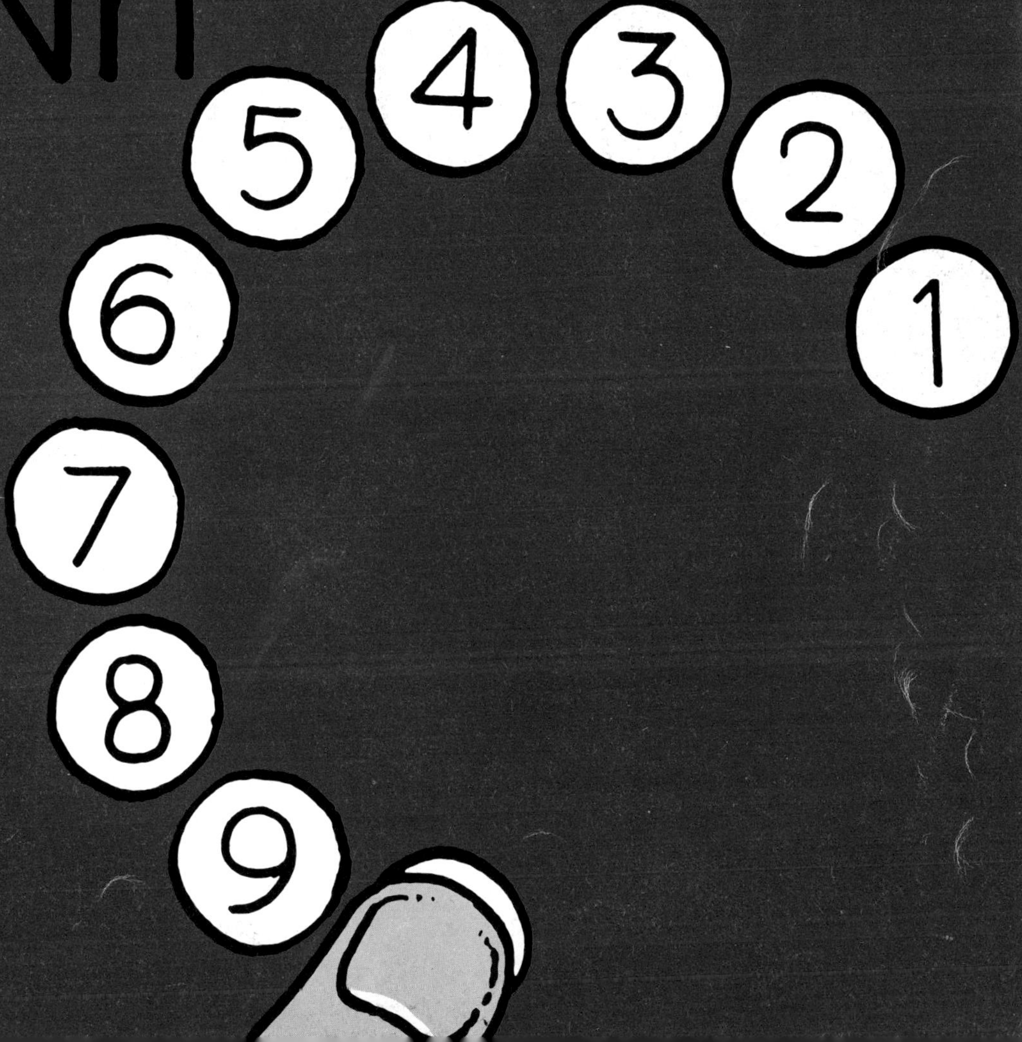

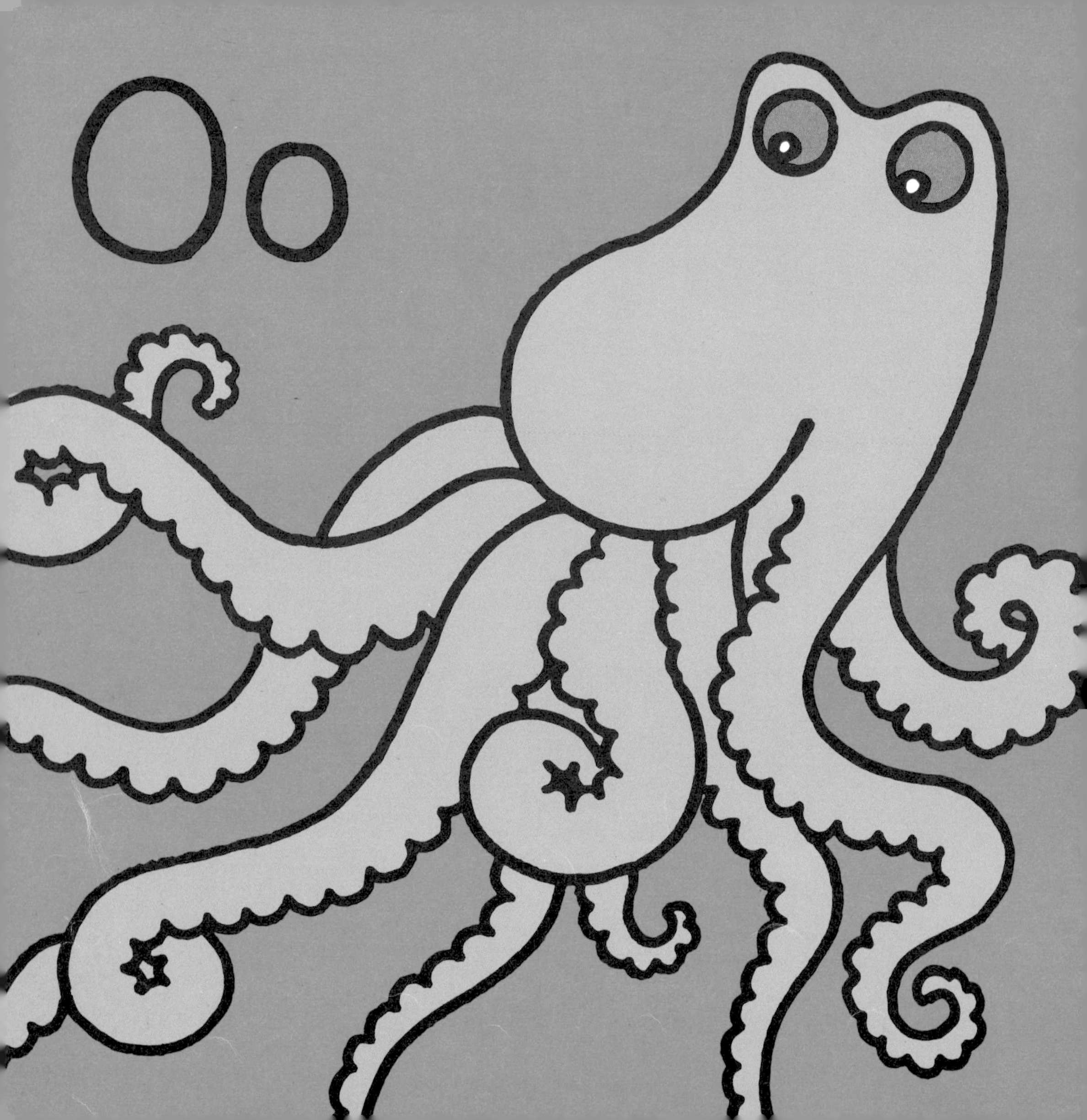
Oo

# Pp

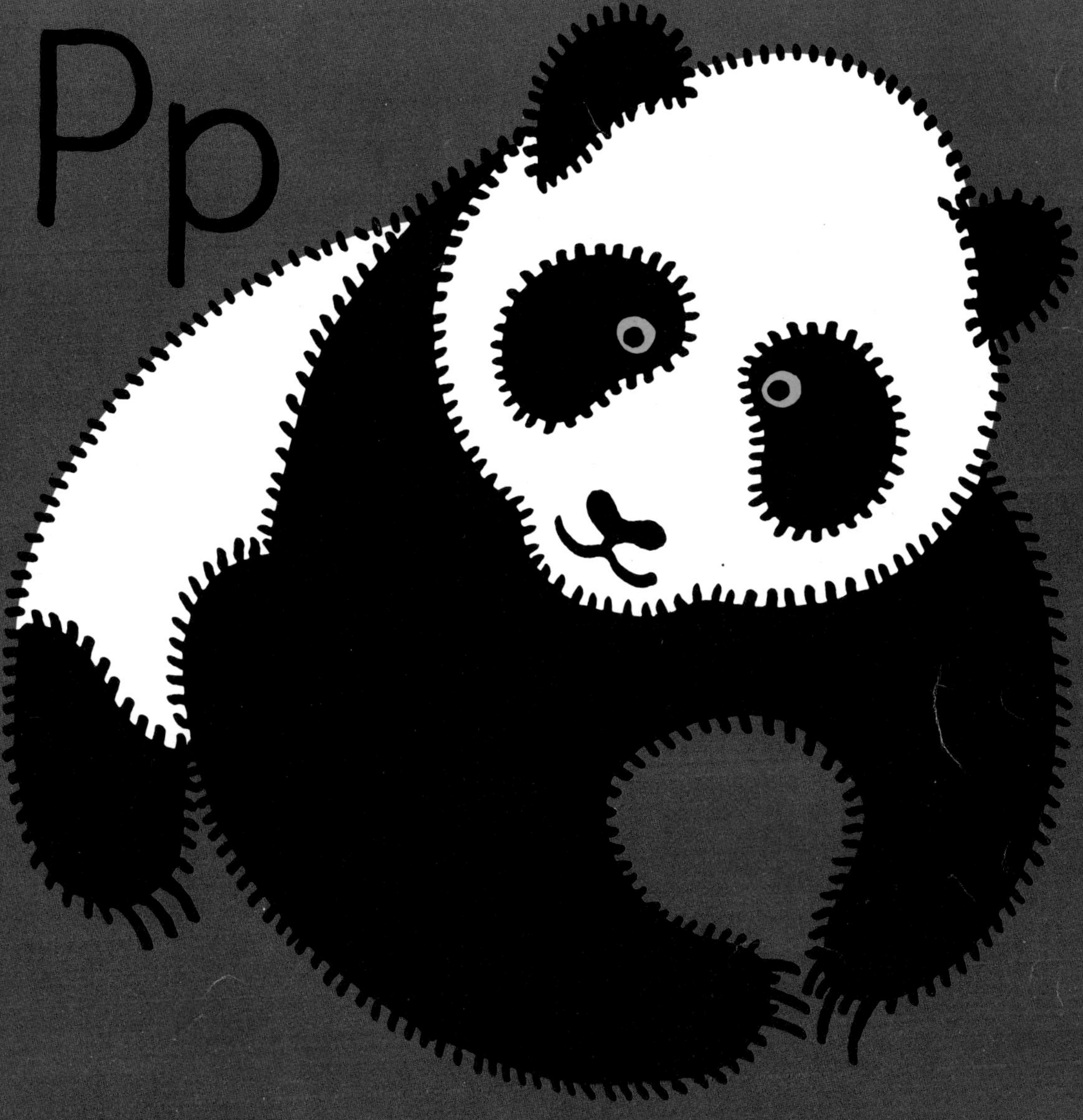

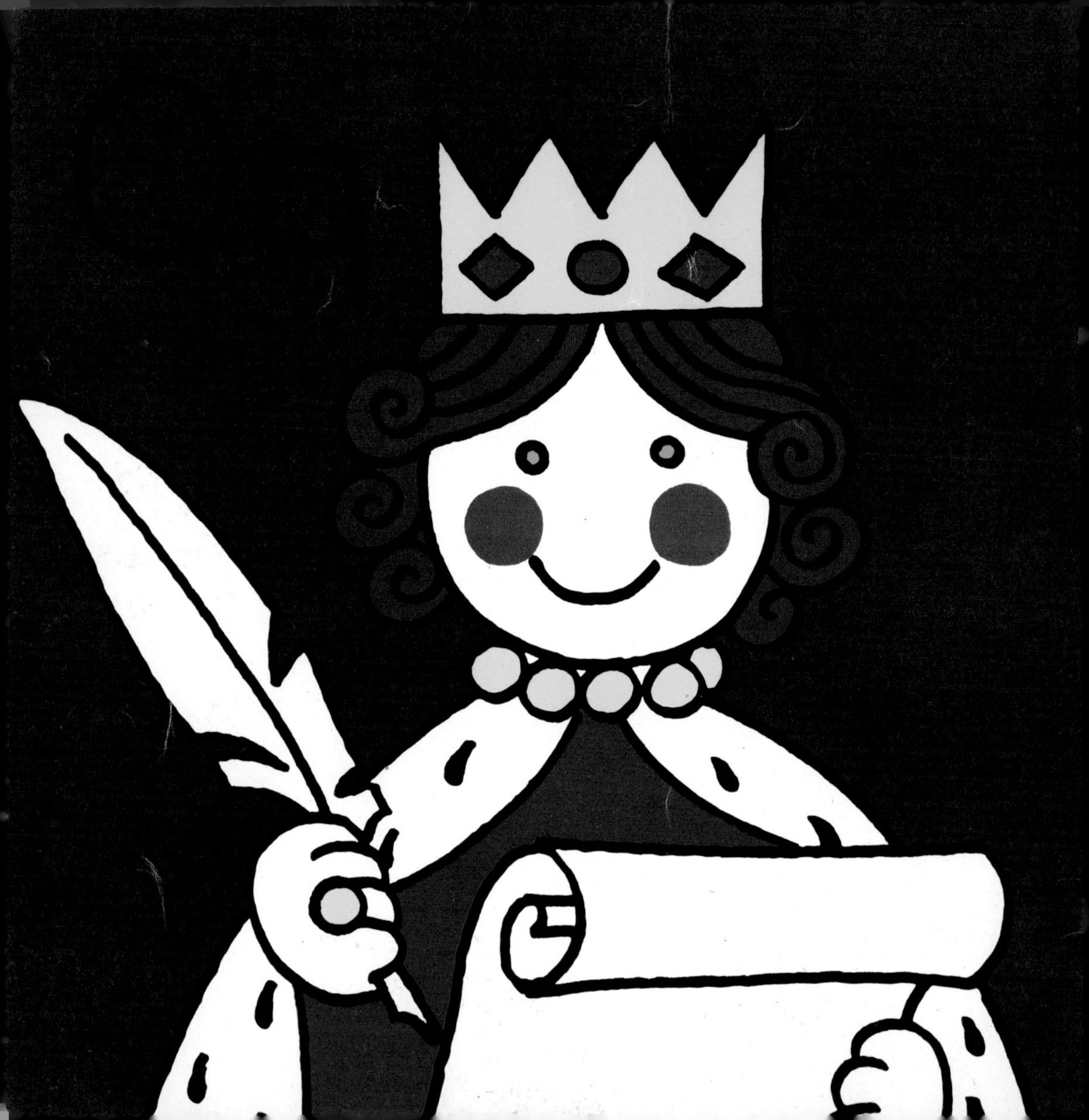

# Rr

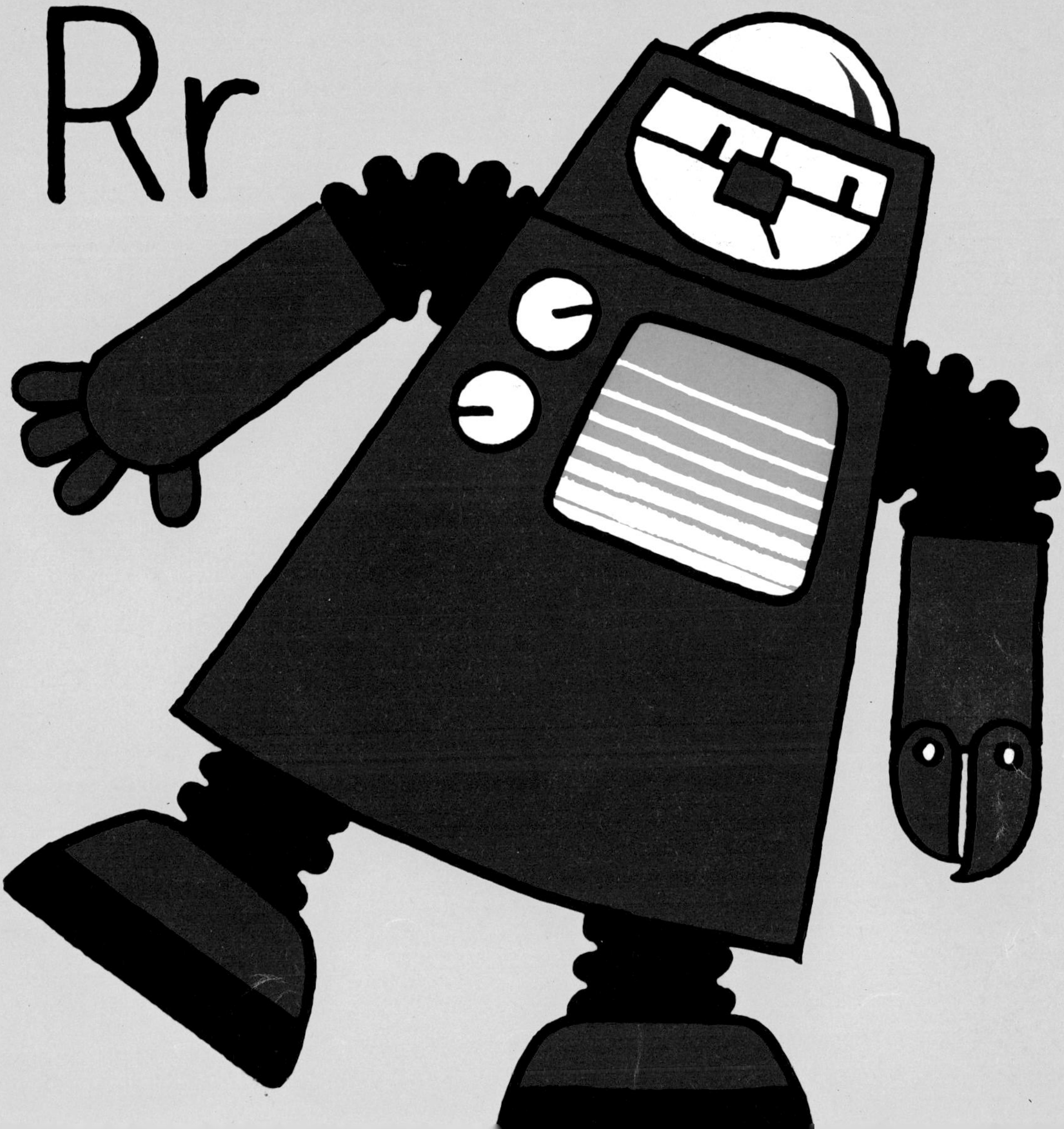

# Ss

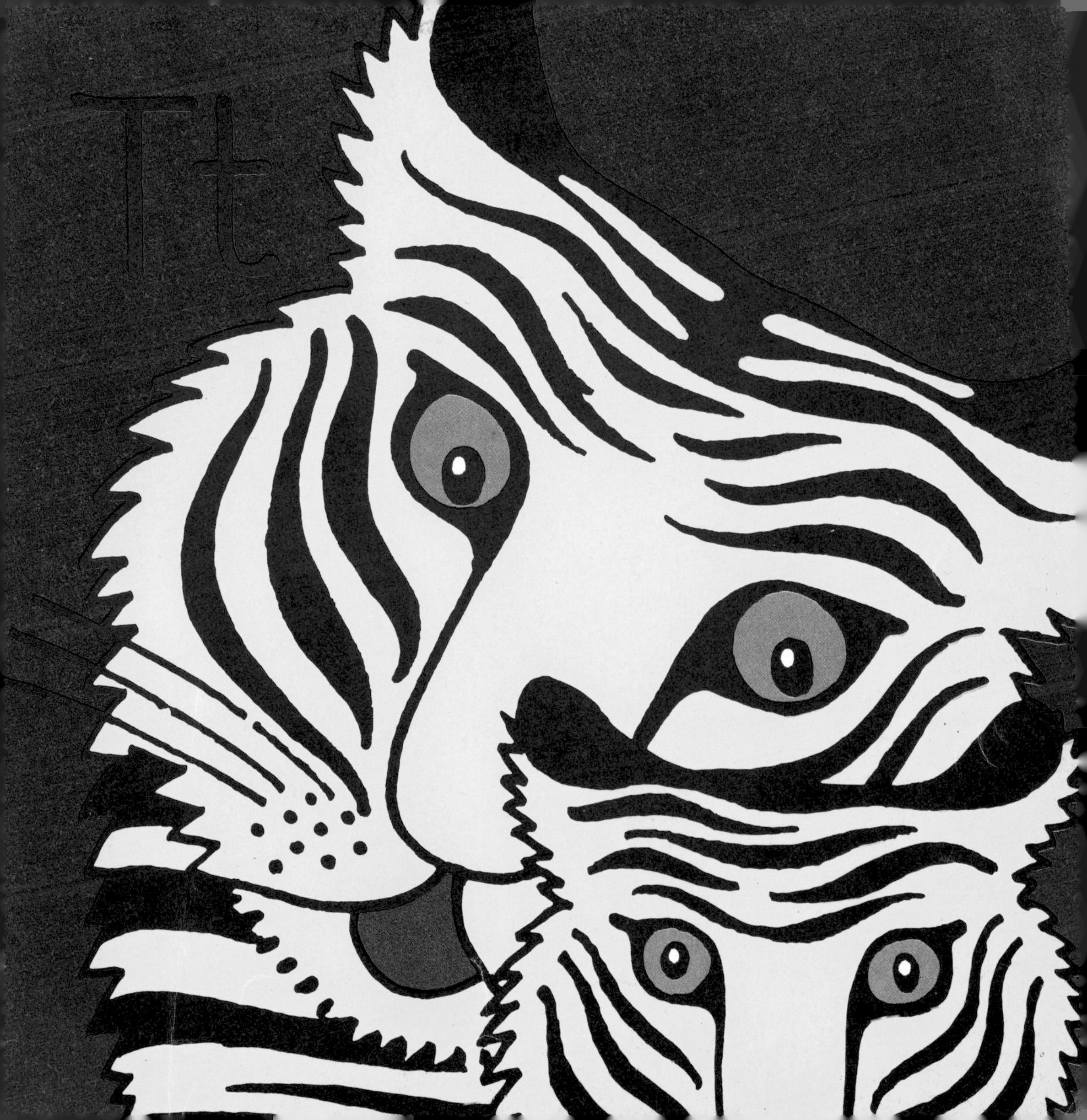
Tt

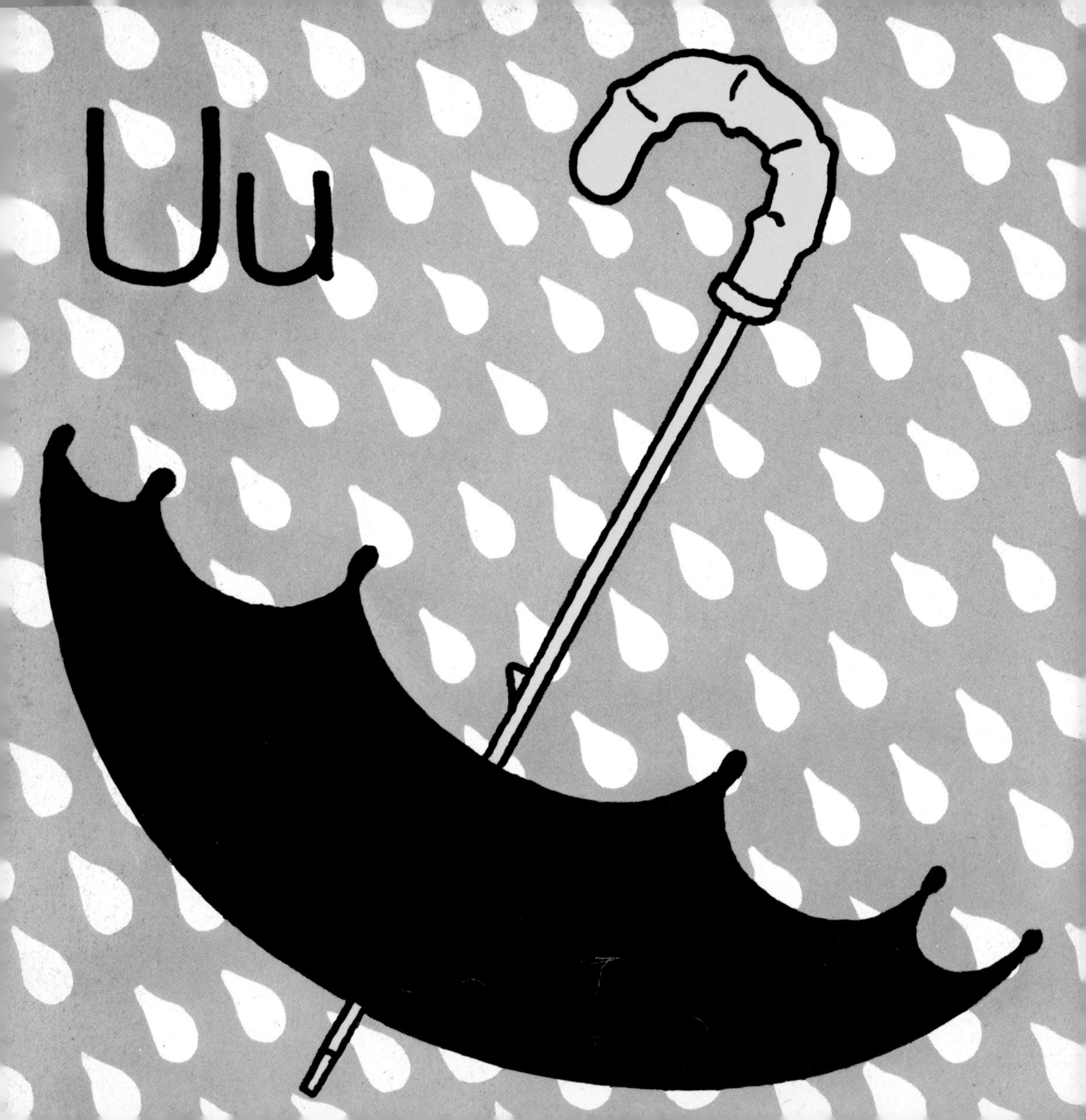
Uu

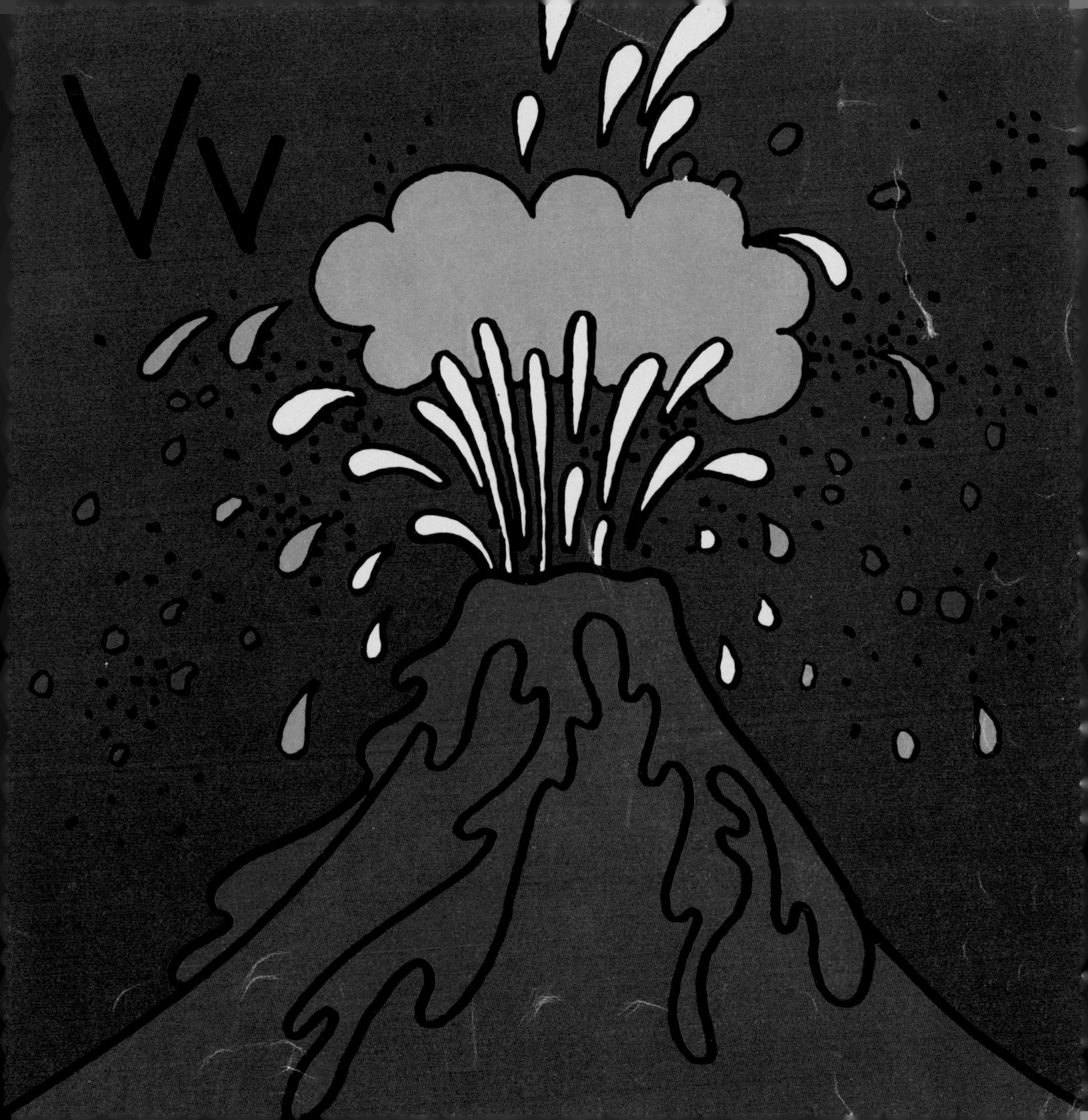
Vv

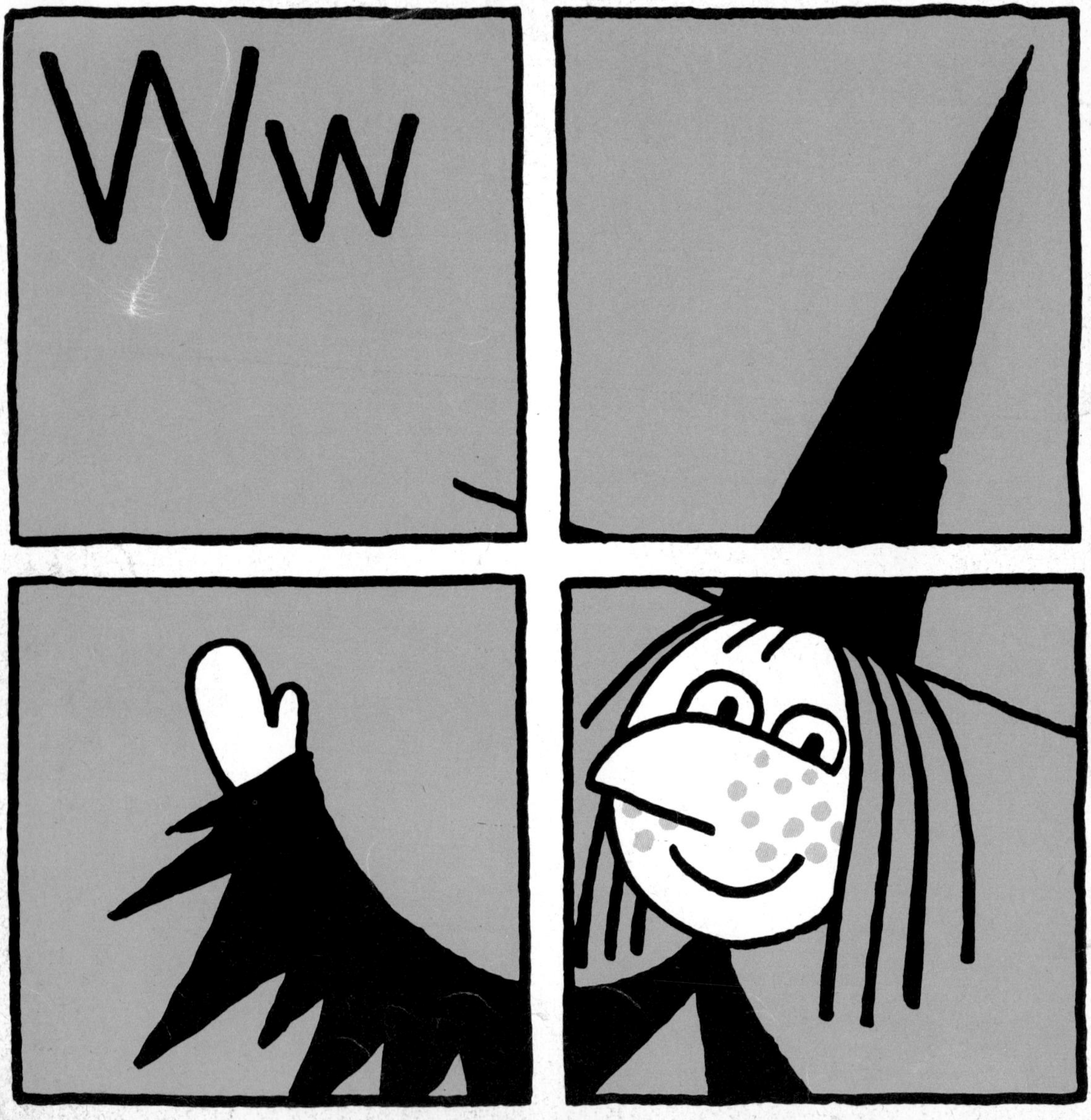
Ww

# Xx

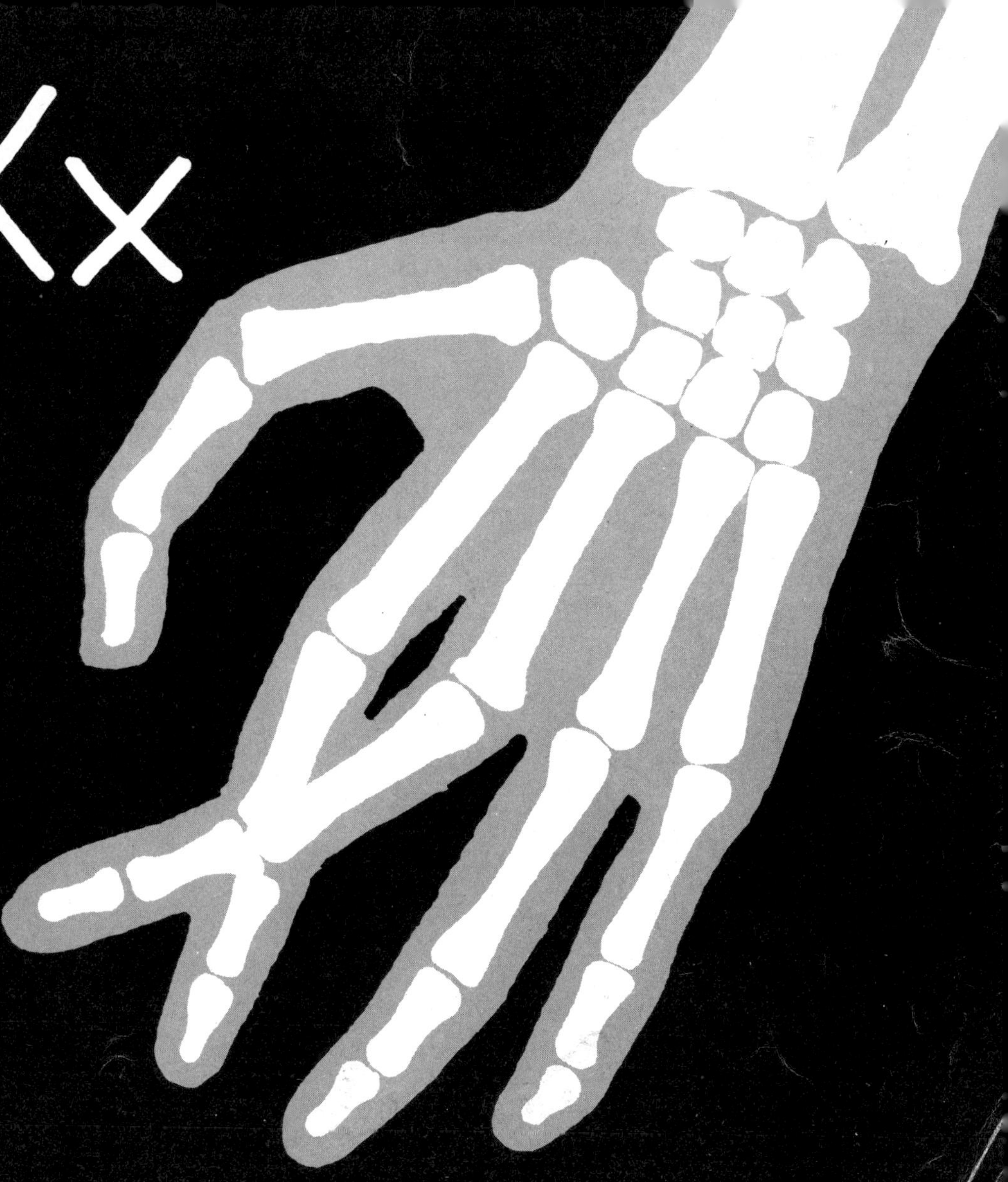

# Yy

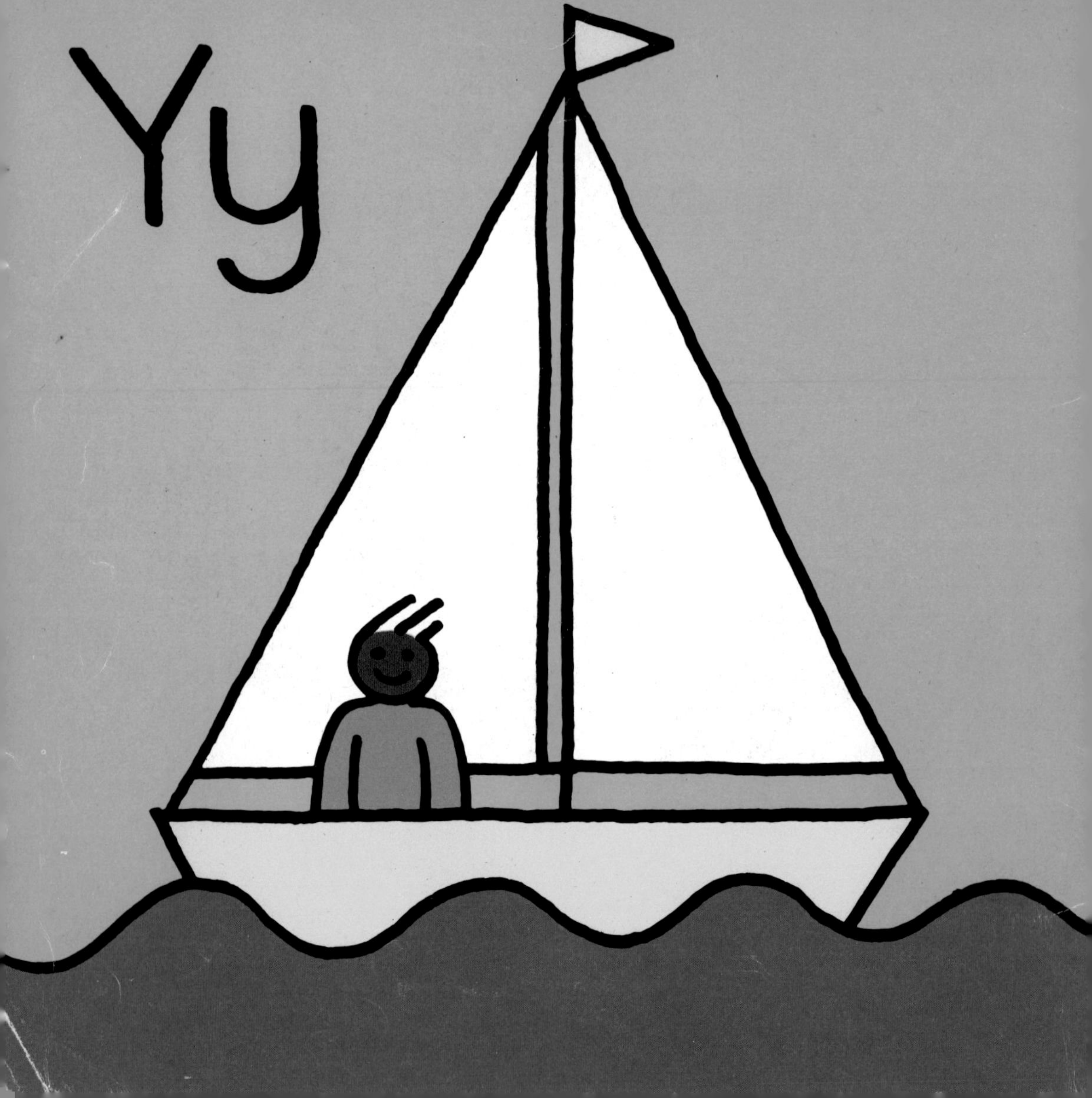